HENRI GAUSSERON

LES

FILS DE KAÏN

POÉME

Prix : 50 centimes

PARIS

CHEZ TOUS LES LIBRAIRES

ET CHEZ L'AUTEUR

35, RUE LAHARPE, 35

1870

FILS DE KAÏN

POËME

PARIS. — TYPOGRAPHIE DE GAITTET

rue du Jardinet, 1.

Henri GAUSSERON

LES

FILS DE KAÏN

POÈME

PARIS

CHEZ TOUS LES LIBRAIRES
ET CHEZ L'AUTEUR
35, RUE LAHARPE, 35

1870

A

GUSTAVE ACONIN

A

LÉON CHERVET

SCULPTEUR

ce poëme est dedié.

HENRI GAUSSERON.

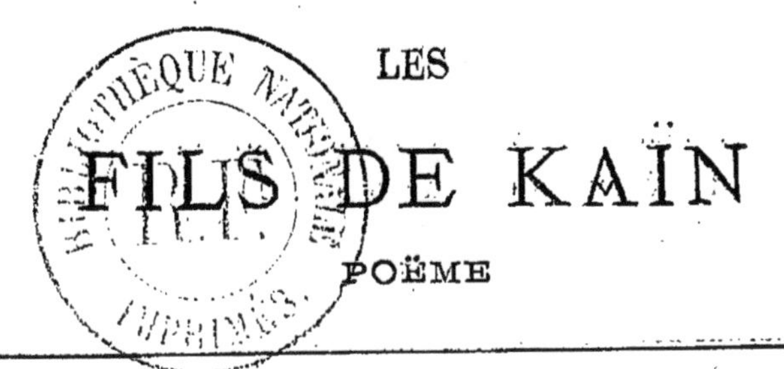

LES
FILS DE KAÏN

POËME

> Et les petits enfants des nations vengées,
> Ne sachant plus ton nom, riront dans leurs berceaux.
> LECONTE DE LISLE. — KAÏN.

Le Dieu qui, par ta main, avait tué ton frère,
O Kaïn, le Dieu qui te traquait sur la terre,
Et qui t'avait marqué, comme un esclave, au front,
Était gêné par toi, farouche solitaire.
En vain il te chassait par la plaine et le mont :
De ton orgueil intact ce Dieu sentait l'affront.

Mais quand tu fus couché dans les murs de ta ville,
Mort, et que, répandant une plainte stérile,
Tes fils, veufs de ton bras, se furent dispersés,
Iaveh s'écria : — Tout est enfin servile :
L'homme tremble à l'éclair de mes yeux courroucés ;
Les Forts, qui me bravaient, je les ai terrassés. —

Et, vainqueur de Kaïn, n'ayant plus, sur le globe,
Personne à redouter, le Jaloux, qui dérobe
Le mérite et l'honneur des actions qu'on fait,
Attaqua tous les Dieux que les peuples, à l'aube
Des temps, avaient créés pour types du parfait ;
Et chacun, tour à tour, devant lui fut défait.

Tous, les Dieux de l'Europe et les Dieux de l'Asie,
Enfants de l'épouvante ou de la poésie,
Ceux que la Grèce fit, ceux que Rome adora,
Les monstres de l'Égypte et de la Phénicie,
Tombèrent sous Celui dont la voix déclara
Que tout homme sera pécheur dès qu'il naîtra.

Il resta, seul avec l'Homme-Dieu du Calvaire,
Dans le désert des cieux trônant, le front sévère,
De sa verge d'airain frappant l'Humanité.
Et sous son joug pesant et dur, qu'elle révère,
L'Humanité se courbe avec humilité,
L'aiguillon dans le flanc, comme un taureau dompté.

Tout fut à lui, les corps, les choses et les âmes.
L'homme usait ses genoux devant les bras infâmes
Du gibet où le fils d'Iaveh fut pendu.
Les nouveau-nés, avant d'avoir le sein des femmes,
Dans le flot baptismal sur leur front répandu,
Étaient offerts au Maître à qui tout était dû.

Pour mieux faire sentir le poids de ses colères,
Sur les peuples il mit deux sortes de vicaires,
Comme on met double bride aux chevaux emportés :
Le Prêtre et le Tyran. Le premier, dans les chaires,
De menaces chargea les cœurs épouvantés ;
L'autre, valet du Prêtre, aida ses cruautés.

Le Prêtre et le Tyran accomplirent leur œuvre.
La violence ouverte et l'obscure manœuvre,
Tout leur fut bon. Tantôt fondant, comme un lion,
Sur leur proie, et tantôt se glissant en couleuvre,
Ils furent les fléaux de toute nation ;
Et le monde gémit sous leur oppression.

L'obscurité couvrit la face de la terre.
Le nuage ignorance et l'âpre nuit misère
Ne s'éclairèrent plus qu'aux flammes des bûchers.
Sous les épais liens dont le réseau le serre,
Comme le Titan grec cloué sur les rochers,
L'homme crispait en vain ses membres attachés.

L'horizon bas pesait sur les têtes courbées.
Dans le marais chrétien les âmes embourbées
Ne pensaient, ne sentaient rien, possédant la foi.
Les dos saignaient des coups des lanières plombées.
L'Enfer, ce cauchemar, donnait un tel effroi
Que le monde tremblait, du pâtre jusqu'au roi.

Le Dieu farouche, né dans la morne Arabie,
Désert d'où semble absente à tout jamais la vie,
Proscrivit la Nature et la persécuta.
Vivre nu sur le sable ardent de la Lybie,
Dans les neiges du pôle, était le saint état :
Pour l'atteindre, il fallait sur soi faire attentat;

1.

Il fallait s'amaigrir dans les jeûnes barbares,
S'imposer des tourments odieux et bizarres
Pour expier le crime absurde d'être né,
Raffiner les douleurs et chercher les plus rares ;
Car l'esprit, dans la chair par le Mal enchaîné,
Dut abattre le corps, ou bien être damné.

Le Prêtre proclama le dogme obéissance.
Le Tyran applaudit, sachant que sa puissance
Trouverait dans ce dogme un éternel soutien ;
Et, devant les autels que la sottise encense,
Le Prêtre oignit le Roi, promettant son maintien
Sur le Peuple meurtri, pourvu qu'il fût chrétien.

Et le Peuple, croyant, éperdu, fou de crainte,
Supportait, sans oser même exhaler sa plainte,
Le poids, sans cesse accru, de ce couple hideux.
Il étouffait, saignant, sous cette double étreinte ;
Et, pour le Paradis, avenir hasardeux,
Il laissait Prêtre et Roi l'exploiter tous les deux.

Sombre époque ! Le Pape, en haut de la colline
D'où les Césars pesaient sur le monde, domine
Les rois, les empereurs, au nom du Dieu vivant ;
Et Rome, solennelle et funèbre ruine,
Est le centre où s'abat, apporté par le vent,
Des oiseaux carnassiers le tourbillon mouvant.

Les oiseaux carnassiers, les animaux de proie,
Fauves, léchant le sang sur leurs lèvres, en joie,
Repus, l'ongle allongé, le poil droit sur le dos,
Princes, comtes, marquis, que le trépas convoie,
Vont vers l'antre romain, traînant entre leurs crocs
Un butin pantelant de chairs rouges et d'os.

Ils viennent, un à un, poser aux pieds du Maître,
Du Pape, radieux d'avoir su les soumettre,
L'hommage répugnant de leurs sombres exploits,
De leurs assassinats, de leurs vols. Et le Prêtre,
Appliquant de son Dieu les charitables lois,
Bénit ces noirs coureurs des gorges et des bois.

O genre humain, damné même avant ta naissance,
Toi qui dans ton aïeul perdis ton innocence
Et te crus racheté par le sang de ton Dieu,
Depuis, mettant au Mal toute ta complaisance
Et trouvant que ce sang était encor trop peu,
D'en verser à torrents avais-tu fait le vœu?

Non, pas le genre humain; mais ceux qui par la bride
L'ont pris, et dont le bras despotique le guide
A travers les douleurs, les hontes, les forfaits;
Ceux qui font sous ses pas la terre plus aride;
Ceux qui de ses sueurs détruisent les effets
Et volent les travaux que ses mains avaient faits.

Car votre père, à vous, ô tristes multitudes
Dont le dos est courbé sous tant de servitudes,
Car votre père, à vous, ô peuples, c'est Kaïn.
Vous êtes les maudits dont les épaules rudes
Supportent le fardeau du caprice divin ;
Et de la haine en vous bout encor le levain.

Non, Père, tu n'as pas donné pour héritage
A tes Fils un destin éternel de servage.
Non, Père, le vaincu n'a pas tendu le cou
Pour toujours au carcan et la face à l'outrage.
— Mais sa chaîne est solide et bien rivée au clou !... —
Qu'importe, s'il la brise en éclats tout à coup ?

Car les déshérités, les vendus, les esclaves,
Sentent s'accumuler, comme d'ardentes laves,
Dans leur sein bouillonnant les affronts journaliers.
Plus ils sont patients, plus on les verra braves,
Le jour où, fatigués d'avoir les reins pliés,
Ils dresseront, vengeurs, leurs fronts humiliés.

Les pleurs, le sang versé réclament la vengeance.
C'est la voix de Kaïn maudissant cette engeance
Exécrable, qui vit, vermine, à nos dépens :
La Richesse, engraissée aux frais de l'Indigence ;
Le Tyran qui fleurit parmi les faibles gens,
Et sur l'Honnêteté ce gui, les chenapans.

Vengeance contre tant de siècles d'amertume !
Vengeance contre toi, Jaloux, qui dans la brume
De l'erreur nous retiens ! Vengeance contre Dieu !
Contre ceux qui sur nous, comme sur une enclume,
Ont frappé si longtemps que notre corps en feu,
Sous les coups répétés, s'est fait livide et bleu !

Vengeance ! C'est ton legs, ô vénérable Ancêtre !
Combattre sans merci l'iniquité du Maître,
Tendre toujours les bras pour rompre ses liens,
Avoir la liberté pour but suprême, et mettre
Cet espoir acharné par dessus tous les biens,
C'est là le testament que tu transmis aux Tiens.

Les Tiens l'ont accepté. Parfois, sans le connaître,
Un infaillible instinct leur faisait apparaître
Ce qu'était la Vertu, ce qu'était le Devoir.
Alors le Peuple, ému jusqu'au fond de son être,
Se levait, effrayant, affreux, sublime à voir,
Faisant de l'héroïsme avec son désespoir.

Ne pouvant plus souffrir, les multitudes sombres
Surgissaient brusquement de l'épaisseur des ombres
D'où partaient, hier encor, des gémissements vains ;
Leur masse s'accroissait, en chemin, par grands nombres;
Le fer de la charrue armait leurs maigres mains, —
Et les seigneurs comblaient de leurs corps les ravins

Mais le Peuple, du moins, avait aux seigneuries
Montré, juste leçon, le flot des jacqueries ;
Il avait un instant rejeté son fardeau,
Redressé fièrement ses épaules meurtries,
Fait de la liberté luire au loin le flambeau,
Et monté sa cabane au niveau du château...

Ils sont morts, transmettant la tradition sainte
De la rébellion. Dès lors, la femme enceinte
Donne au fruit de son flanc un sang de haine aigri.
La résignation pour eux fut une feinte :
On sent qu'un jour s'approche, où ce Peuple flétri
Clouera ses vieux tyrans vaincus au pilori.

Reconnais tes enfants, ô Kaïn ! Cette foule,
Comme un flot douloureux que tourmente la houle,
S'agite, ne trouvant de repos qu'en la mort.
Mais entre eux il en est dont l'esprit dans ton moule
Fut tout entier fondu, fier contempteur du sort,
Contre l'orgueil de qui Dieu brisa son effort.

Ceux-là ne lèvent point fébrilement la tête
Pour la baisser plus bas, ainsi que fait la bête
Regimbant sous le fouet, mais qui cède à la fin.
Ils disent au vainqueur : — Injuste est ta conquête ! —
Ils éclatent de rire au mot de droit divin ;
Et le Tyran pour eux n'est rien qu'un assassin.

Une clarté les suit dans la nuit la plus noire.
Ils marchent, revêtus de lumière; et l'Histoire
Prend leurs traces pour guide en ces temps ténébreux ;
Esprits qui, sans leçons, savent ce qu'il faut croire,
Ce qu'il faut rejeter, et qui portent en eux
La chère vision d'un avenir heureux.

L'Avenir, l'Avenir, triomphe de la lutte
Que, dès le premier jour, l'homme soutint, en butte
A la fatalité dont un Dieu l'enchaînait ;
L'Avenir, dont leur cœur veut hâter la minute,
Que le monde, autour d'eux, recule et méconnaît,
Et dont, seuls, ils voient l'aube à l'horizon, qui naît !

Fils aînés du Vaincu qui porta sa défaite
Sans plier, le combat pour vous est une fête.
Vos bras sont-ils armés? Vous ne le savez pas.
Vous savez seulement qu'il faut jeter du faîte
Les monstres écrasant les pauvres gens d'en bas ;
Et vous précipitez, pour cet assaut, vos pas.

O Fils, vous êtes grands. Brillants comme des phares,
Vous avez éclairé, parmi les mers barbares,
Vos frères sans boussole, en proie aux noirs écueils.
Du triomphe prochain vous sonniez les fanfares;
Et quand vous vous couchiez au fond des froids cercueils,
L'Humanité pleurait son veuvage en longs deuils.

Mais là-haut ricanait, dans sa triple auréole,
Iaveh, père, fils, esprit, lugubre idole
Que votre amour du Vrai faisait trembler, lutteurs ;
Et ce rire trouvait un écho chez maint drôle
En couronne ou mitré, pour qui de plats flatteurs
Distillaient le doux miel des éloges menteurs.

Vos noms sont éternels. Révolutionnaire,
Votre audace attaqua le vautour dans son aire,
Le tigre en son fourré. Sublimes précurseurs,
Vous avez fait briller le soleil dans une ère
De nuit, et vous avez, athlètes et penseurs,
Suscité l'épouvante au sein des oppresseurs,

Rejetons de Kaïn, Aïeux de ceux qui vivent
Maintenant, le but saint que vos enfants poursuivent,
C'est vous qui l'avez vu les premiers, presque atteint.
Si les hommes jamais à la Justice arrivent,
Ils le devront à vous, dont le zèle maintint
De l'humaine fierté le flambeau mal éteint.

On vous persécuta. Les princes et les prêtres
Vous haïssaient. Semant autour de vous les traîtres,
Ils vous embarrassaient d'une glu d'espions.
Vous sentiez dans vos chairs les ongles de vos maîtres
S'enfoncer et leurs dents vous mordre, fiers lions
Tombés dans une fosse, en proie aux scorpions.

Les cachots où l'eau suinte, où la nuit toujours dure,
Où l'on a, pour dormir, la terre froide et dure,
Vous reçurent souvent, ou l'exil, ou la mort.
Vous avez enduré tout ce que l'homme endure,
Quand les puissants, qui font taire en eux le remord,
S'acharnent sur lui, comme un corbeau sur un mort.

Tenailles, chevalets, bûchers, tous les supplices,
De la haine des grands effroyables complices,
Le mépris qui s'abat sur le malheur à faux,
Vous avez bu le fiel des plus amers calices.
Quand le trépas tranchait vos têtes de sa faulx,
Votre sang glorieux sacrait les échafauds.

Et ce sang, comme fait une liqueur féconde,
Accrut, purifia la séve du vieux monde.
Cette chaude rosée emplit le genre humain
De verdeur et de force ; et sur vos corps se fonde,
O victimes d'hier, la gloire de demain,
Car nous touchons au bout de votre âpre chemin.

Oui, nous avons marché. Vos leçons salutaires
Ont enfin dissipé le brouillard des mystères
Dont nos maîtres cachaient leur astuce à nos yeux ;
Nous comprenons enfin vos paroles austères,
Vos labeurs méconnus, votre mort, grands Aïeux
Qui lanciez votre doute à la face des cieux.

Et nous prenons en main votre œuvre interrompue.
Vous nous avez transmis la science, qui tue :
Devant nous, les menteurs deviennent transparents.
L'humble Religion, de cadavres repue,
A beau bénir le front féroce des tyrans ;
Le Respect et la Foi sont en nous expirants.

Les temps sont arrivés. L'œil fixé sur les choses,
Le Peuple veut percer les ténèbres des causes.
Il se sert de l'outil sacré, de la raison.
Toute nue, à ses yeux, Vérité, tu t'exposes,
Et, ton rayonnement emplissant sa prison,
Tu fais s'effacer Dieu derrière l'horizon.

A la place de Dieu, tu montres la Justice.
Tu brises le filet qu'autour du monde tisse,
Ainsi qu'une araignée autour d'un moucheron,
L'erreur ; et tu défends que l'homme s'aplatisse
Devant les premiers gueux hardis qui lui crieront :
— Il est un Dieu, qui m'a mis la couronne au front.—

Non, il n'est point de Dieu. Non, il n'est point de tête
Si haute, que chacun l'adore et se soumette,
Sans jamais résister, à son moindre signal.
La Justice pour tous également est faite.
Nul pouvoir ne saurait en bien changer le mal,
Et nous donner pour loi son caprice brutal.

Et nous savons cela. Chaque jour davantage,
Comme l'enfant s'instruit en avançant en âge,
Le peuple s'enrichit de ces préceptes vrais ;
Et chaque jour aussi, comme l'aigle sa cage,
Il force les barreaux qu'avaient forgés exprès
Ses maîtres, dogmes, lois, commandements, décrets.

Le haussement moqueur de ses fortes épaules
Fait tomber en éclats le antiques idoles.
Il rit ; et, chancelants, les trônes sont pareils
A ces blocs de glaçons que l'ouragan des pôles
Disperse en mille éclats. C'est l'heure des réveils.
Sur les puissants luiront de terribles soleils.

Ce que, par soubresauts, jadis nous essayâmes,
Lorsque, dans l'ignorance et la terreur, nos âmes
Avaient presque perdu toute virilité ;
Ce que, se débattant sous les sinistres trames
Du Pontife et du Roi, de grands cœurs ont tenté,
Sans avoir pour moyen rien que leur volonté,

Nous allons l'accomplir aujourd'hui tous ensemble.
L'Humanité n'est plus la servante qui tremble,
Et qui prie, à genoux, le maître qui la bat.
Elle veut à la fin s'émanciper. Il semble
Que la bête de somme ait secoué son bât.
L'esclave a pris ses fers pour armes de combat.

Nous ne souffrirons plus vos folles violences,
Ô maîtres de la terre et des cieux. Si tu lances
Ta malédiction, ô Pape, on en rira.
Aux juges corrompus nous prendrons leurs balances,
Et nous les briserons. Le sceptre servira
Pour chasser les rois, dont la main nous tortura.

La Révolte a sonné le tocsin. Innombrables,
Montent les insurgés, menaçants, implacables,
Revendiquant leurs biens volés, leurs droits ravis.
Ils poussent jusqu'au ciel leurs élans formidables.
Les anges de la foudre en vain se sont servis :
Ils jonchent de leurs corps les célestes parvis.

Au fond du Paradis, le Père, le front blême,
Recule, épouvanté, disant : — Si quelqu'un m'aime,
Qu'il me prête secours pour vaincre ces maudits ! —
Et le Fils et l'Esprit, épouvantés de même,
Avec leurs légions, si vaillantes jadis,
Se cachent près du Père au fond du Paradis.

Rien ne tient sous le choc de l'énorme marée.
Il est enfin passé, le temps de la curée,
Où les crocs des tyrans dans le peuple mordaient,
La bête n'était pas morte, quoique éventrée
Elle fait tête aux chiens qui sur elle fondaient,
Et, le long de ses flancs, en grappes se pendaient.

Donc, le Peuple est debout, sachant ce qu'il veut faire,
Et sachant qu'il le peut. Voici que, pour lui plaire,
Ses maîtres, doucereux, lui disent : — Que veux-tu ?—
Et que Dieu même change en grâce sa colère.
Mais on n'est pas vainqueur sans avoir combattu,
Et le Peuple n'attend rien que de sa vertu.

Le Peuple ne veut pas de grâce, Dieu fossile
Qui penses retremper ta vie en un concile.
Le Peuple ne veut pas de faveurs, ô tyrans
Qui croyez le tenir encore longtemps docile
En allégeant le joug, comme font les parents
Qui relâchent la bride aux fils devenus grands.

Regardez ! Les blancheurs de l'aube de la vie
Se lèvent au lointain, et la foule asservie
Sent ses vieux fers rouillés tout près d'être rompus.
C'en est fait. Au banquet la Justice convie
Le genre humain entier. Les tyrans confondus
Au cloaque commun s'engouffrent, corrompus.

Ils mourront à jamais, tous, Dieu qui les engendre, —
Eux, ses fils, dont les dents toujours se font entendre
Mâchant quelques lambeaux humains — et leurs valets
Immondes et rampants, qui sont payés pour tendre
Devant l'Humanité leurs ténébreux filets,
Et rapporter leur chasse au Maître, en son palais.

Nous avons la raison et nous avons la force.
Nous ne redoutons plus ni les ogres de Corse,
Ni ceux du Vatican. Et comme, avant l'été,
Le platane, grandi, dépouille son écorce,
De dessus notre corps nous avons rejeté
La gaîne étroite où Dieu serrait l'Humanité.

Réjouis-toi, Kaïn ; voici l'heure attendue.
La Justice, aux méchants ainsi qu'aux bons rendue,
Régnera seule ici. Voici le Justicier,
Le Peuple, dont la voix enfin est entendue,
Que ne peut plus surprendre un mensonge grossier,
Et qui tient en sa main l'incorruptible acier ;

L'incorruptible acier, l'acier du glaive intègre
Qui frappe sans pitié le Mal, dont la voix aigre
Excelle à s'adoucir en paroles de miel.
Ta race à l'Avenir marche d'un pas allègre,
O Père qu'Iaveh, par jeu, nourrit de fiel,
Et dont le front frappé menace encor le ciel.

Demain, ton jour luira, Kaïn, grande victime.
Le coupable sera seul puni pour le crime
Auquel il employa le bras de l'innocent.
Nul ne prostituera désormais son estime,
En la livrant, par crainte, au superbe, au puissant,
Dont le lit est baigné d'une mare de sang.

Le maudit maudira. L'esclave sera libre.
Le monde chancelant reprendra l'équilibre.
Le Mal disparaîtra, Dieu n'étant plus qu'un mot.
Le cœur du genre humain du même désir vibre.
Le bonheur éternel demain sera son lot :
La Révolution pousse en avant son flot.

La Révolution, noble et saint héritage
Que nous avons reçu de Kaïn en partage !
Elle triomphe enfin sous nos bras obstinés.
O Kaïn, nous avons précipité cet âge
Que tu prophétisais à tes enfants damnés.
A vaincre ton vainqueur nous étions destinés.

Plus de Roi, plus de Prêtre et plus de tyrannie !
La Justice, que Dieu du monde avait bannie,
Revient, tandis que Dieu dans ses nuages meurt.
Iaveh, Iaveh, le monde te renie.
 Ton vieux culte, galère où l'homme était rameur,
Sombre sous le mépris dont grandit la clameur.

Libre de tes liens, l'Humanité joyeuse,
Pour le Vrai seulement gardant sa foi pieuse,
Va vivre dans sa force entière et sa fierté.
La terre sera belle et plus délicieuse
Que ne l'était l'Eden quand tu nous l'as ôté,
Dieu mauvais qui punis après avoir tenté.

Et nous serons égaux, comme au sein de nos mères
Et comme dans la tombe ; et les larmes amères
Ne se mêleront plus aux éclats du plaisir.
Les droits du genre humain ne sont plus des chimères.
Nous savons où les prendre, et notre ardent désir
Nous pousse, bras tendus, vers eux, pour les saisir.

Le travail deviendra la source de la vie
Pour tous. Les gras voleurs, que la Misère envie,
Ne se gaveront plus quand les autres ont faim ;
La femme, que les lois à l'homme ont asservie,
De son abaissement surgira, libre enfin ;
Et des iniquités nous aurons vu la fin.

Et ta race, Kaïn, hier faite d'esclaves,
A travers le bonheur marchera sans entraves,
Nourrissant en son sein ton implacable orgueil.
Et ces Fils, qui, par toi, surent se montrer braves,
Sur tes exemples fiers tenant fixé leur œil, —
Toi, tu les béniras du fond de ton cercueil ;

Car ce que t'avait pris, aux premiers jours du monde,
Iaveh, le Jaloux : la Liberté féconde,
La Justice, le Vrai ; ce que le genre humain,
Qu'étreignait si longtemps la tyrannie immonde,
Cherchait à recouvrer en s'efforçant en vain, —
Nous l'aurons reconquis, nous, les Fils, ô Kaïn !

FIN

PARIS. — TYPOGRAPHIE DE GAITTET

rue du Jardinet, 1.